# LES
# VENDANGEURS,
## OU
## *LES DEUX BAILLIS,*
## DIVERTISSEMENT
En un Acte & en Vaudevilles,

Par MM. DE PIIS & BARRÉ;

*Repréſenté pour la premiere fois, à Paris, le Mardi 7 Novembre 1780 ; & à Verſailles, devant* LEURS MAJESTÉS, *le Vendredi ſuivant, par les Comédiens Italiens Ordinaires du Roi.*

## *A PARIS,*

Chez VENTE, Libraire des Menus Plaiſirs du Roi, rue des Anglois, près celle des Noyers.

## M. DCC. LXXXII.
*Avec Approbation & Permiſſion.*

| PERSONNAGES, | ACTEURS, |
|---|---|
| Le Pere LA JOYE, Vigneron & Cabaretier, | M. *Trial.* |
| LUCETTE, fille du Pere la Joye, | M^lle *Lefcot.* |
| COLINET, Amoureux de Lucette, | M. *Michu.* |
| LE BAILLI du Lieu, | M. *Roſiere.* |
| LE BAILLI du Village voiſin, | M. *Thomaſſin.* |
| PREMIERE VENDANGEUSE, | M^lle *Deſbroſſes.* |
| SECONDE VENDANGEUSE, | M^lle *Carline.* |
| PREMIER VENDANGEUR, | M. *Menier.* |
| SECOND VENDANGEUR, | M. *Favart.* |
| UNE VIEILLE, | M. *le Clerc.* |

Troupe de Vendangeurs & de Vendangeuſes.

*Le Théâtre repréſente d'un côté, le Cabaret du Pere la Joye & de l'autre une Balançoire attachée à deux arbres. Le fond de la Scène eſt borné par un côteau dont les vignes ne font pas encore vendangées.*

# LES VENDANGEURS,

## OU

## *LES DEUX BAILLIS,*

## DIVERTISSEMENT.

## *SCENE PREMIERE.*

### LE BAILLI du Lieu, LUCETTE, COLINET.

*( Colinet paroît d'abord au haut de la colline. )*

### LE BAILLI.

Air : *Dans un verger Colinette.*

Où courez-vous, ma Bergere,
Avec ce joli panier ?

### LUCETTE.

Dans la vigne de mon pere,
Monsieur, je vais travailler.

## LE BAILLI.

Croyez-en la chanfonnette
De Martin le Tonnelier :
*En vendange une fillette*
*Court fouvent plus d'un danger.*

## LUCETTE.

Air : *De la fanfare de Saint-Cloud.*

Si vous voulez que je refte,
Ne me ferrez pas la main.

## LE BAILLI.

Près d'une fille modefte,
Moi je vais droit mon chemin.
Souvent d'un propos trop lefte
On la voit s'éffaroucher,
Ce n'eft qu'en joignant le gefte
Qu'on parvient à la toucher.

## LUCETTE.

Air : *D'un bouquet de romarin.*

Soyez moins entreprenant
Si je vous enflamme ;
Contre un feu fi pétulant
Ma vertu réclame.
Colinet eft mon amant,
Il n'en feroit pas autant ;
Ce n'eft pas ainfi qu'il prend
Des droits fur mon ame.

Si Colinet quelquefois
Des champs me ramene ,
A m'offrir un bras courtois ,
Il fe rifque à peine.
Quand au fon du flageolet ,
Je danfe avec Colinet ,
Ce n'eft qu'en tremblant qu'il met
Sa main dans la mienne.

## LE BAILLI.

*AIR : Je ne saurois danser, ma pantoufle est trop étroite.*

Vous avez grand tort,
Colinet sera volage ;
Vous avez grand tort,
Nous serions bien mieux d'accord.

### LUCETTE.

Si j'avois du sort
Reçu deux cœurs en partage,
Il auroit d'abord
Le premier.... puis l'autre encor.

*(Colinet s'approche doucement de Lucette.)*

### LE BAILLI.

*Même air.*

Ce Berger n'a rien :
Vous serez dans la misere.
D'un heureux lien
L'argent seul est le soutien.

### LUCETTE & COLINET.

Nous sommes sans bien,
Mais nous saurons nous en faire :
Nous sommes sans bien,
*( Puis se montrant réciproquement.)*
Mais non ; car voici le mien.

### LE BAILLI.

*Même air.*

Mon courroux s'accroît.
Pour vous séparer de force,
J'emploîrai mon droit,
Comme Bailli de l'endroit.

### LUCETTE & COLINET.

Si puissant qu'on soit,
Entre l'arbre & son écorce,
Jamais on ne doit
(Comme on dit) mettre le doigt.

*( Le Bailli sort brusquement. )*

A iij

## SCENE II.

### LUCETTE, COLINET.

#### COLINET.

AIR : *C'est la fille à Simonette.*

Afin d'arrêter la fuite
De ses propos menaçans,
Ayons recours au plus vîte
A celui dont tu dépends.
Pour l'honneur d'une famille
A l'usage il faut céder :
Ce qu'on demande à la fille,
C'est au pere à l'accorder.

#### LUCETTE.

AIR : *La nuit quand j'pense à Janette.*

Si sa vendange prospere
Et se termine aujourd'hui,
Tu seras le doux salaire
Que j'exigerai de lui.
Sur l'aveu que je dois faire,
Sois moins pressant par pitié :
Le plaisir que l'on differe
En augmente de moitié.

#### COLINET.

AIR : *Adieu paniers, vendanges sont faites.*

Si c'est-là ce que tu projettes,
Je vais hâter mes compagnons.
Encore un jour, & nous dirons:
*Adieu paniers, vendanges sont faites.*

# SCENE III.

## Le Pere LA JOYE, COLINET, LUCETTE.

*Le Pere LA JOYE, sur le devant de la Scene.*

AIR : *Aussi-tôt que la lumiere.*

SANS cesse il faut que l'on guette
Jeune fille & vin nouveau ;
L'une fuit sous la coudrette,
Et l'autre échappe au tonneau.
Mais afin que tout demeure
Dans un semblable repos,
On doit apprêter sur l'heure,
Des maris & des cerceaux.

AIR : *Lorsque Dieu fit Adam.*

Jadis quand fille aimoit,
Malgré tout son stratagême,
Sans peine on la devinoit
A son embarras extrême.
Or, si l'amour se fait encor de même,
Ma fille aime ;
Au moindre mot qu'on dit
De ce Berger qui la suit,
Elle rougit.

AIR : *Nous nous marierons Dimanch.*

Quand de bon matin
Dans le champ voisin,
Il faut l'envoyer, je tremble....
Si quelque hasard
La fait rentrer tard,
C'est bien pis encor, je tremble....

A iv

Si fon teint me femble
    Animé,
  Je tremble....
Si fon mouchoir n'eft pas fermé,
    Je tremble....
C'eft un parti pris:
Calmons nos efprits
En les mariant enfemble.

### LUCETTE & COLINET.

AIR : *La rofe & le bouton.*

Momens délicieux !...

### Le Pere LA JOYE.

Quoi, tous les deux !...
Ah ! petite indifcrette,
Vous pourrez, fans rougir,
    Demain cueillir
Ce qu'Hymen vous apprête,
Et ce qu'Amour plus fripon,
Souvent fans tant de façon
    Cueille en cachette....
*La rofe & le bouton*
    *D'amourette.*

### LUCETTE.

*La rofe ?*

### COLINET.

*Et le bouton ?*

### Le Pere LA JOYE.

AIR : *Allez vous-en, gens de la noce.*

Mes chers enfans, point de louange ;
Allez réparer vos loifirs.
C'eft bien le moins que fi j'arrange
Cette affaire au gré de vos defirs,
Vous preniez foin de ma vendange,
Comme j'ai foin de vos plaifirs.

## SCENE IV.

Le Pere LA JOYE, LE BAILLI
du Lieu voifin.

### LE BAILLI.

Air : *Des Trembleurs.*

Que faites-vous, jarnonbille ?
Par-tout où garçon & fille,
L'un bien fait, l'autre gentille ,
Se rencontrent deux à deux ;
Retenez de moi, Compere,
Que toujours avec myftere
Le petit Dieu de Cythere
S'introduit au milieu d'eux.

### Le Pere LA JOYE.

Air : *Sachez qu'au village, j'ons de la vartu.*

Vous êtes Bailli du voifinage,
Mais chacun ici fait fon devoir ;
Et fur les Beautés de ce Village,
Vous n'avez, je penfe, aucun pouvoir.

### LE BAILLI.

Un pareil difcours peut-il s'entendre ?
Faut-il vous apprendre
Qu'on eft revêtu
D'une autorité qui peut s'étendre
Jufques à défendre
Par-tout la vertu ?

AIR :　　　　　　　　　　　(*)

Oui, ce Colinet pourroit plaire à votre Lucette.

### Le Pere LA JOYE.

J'espere en effet, que pour toujours il lui plaira.

### LE BAILLI.

Je les ai cent fois vu jouer à la climusette.

### Le Pere LA JOYE.

C'est par d'autres jeux que bientôt il l'amusera.

### LE BAILLI.

C'est son innocence, hélas ! que le perfide guette.

### Le Pere LA JOYE.

Eh bien, voyez-vous, je gage qu'il l'attrapera.

### LE BAILLI.

AIR : *Accompagné de plusieurs autres.*

Lucette auroit été mon fait,
Et mon coffre-fort, en effet
En vaut, je pense, bien un autre.

### Le Pere LA JOYE.

C'étoit pour elle un grand bonheur,
Mais, en lui faisant cet honneur,
N'auriez-vous pas risqué le vôtre ?

*Même air.*

Pardonnez-moi si, sans façon,
J'entre à l'instant dans ma maison.
Ces Vendangeurs-là sont les nôtres.
Comme ils ont travaillé beaucoup,
Ils ont besoin de boire un coup,
Accompagné de plusieurs autres.

––––––––––––––––––––––––––––––

(*) *Ce Couplet n'est que de la prose rimée. On a cru pouvoir se le permettre pour suivre plus exactement la marche de l'air.*

# SCENE V.

## Les deux BAILLIS, LUCETTE, COLINET,
*Et la troupe des Vendangeurs fur le Côteau.*

### LUCETTE.

AIR : *Ah! quel plaifir d'aimer!* (de la Fête d'Amour.)

AH ! qu'il eft doux de vendanger
 Près d'un jeune Berger !
Quand un panier eft trop pefant,
 C'eft lui qu'on intercede,
 Et fon bras complaifant
 Vient toujours à notre aide.

### COLINET.
#### Second Couplet.

Fillette chancelle fouvent
 Sur un côteau gliffant,
Mais fon amoureux la retient
 Lorfque le pied lui cede.
 C'eft alors qu'un grand bien
 Réfulte d'un peu d'aide.

### SECONDE VENDANGEUSE.
#### Troifiéme Couplet.

En vendange on ne perd jamais
 Le fruit de fes bienfaits,
Et lorfque la danfe a fon tour,
 Tout bas notre cœur plaide
 Pour ceux qui, dans le jour,
 Sont venus à notre aide.

### PREMIERE VENDANGEUSE.
#### Quatriéme Couplet.

J'apprends encore à vendanger,
 Il faut m'encourager ;

Si petit que foit mon panier,
Sans Maman qui m'ofede,
Je ne faurois nier
Que je prendrois un aide.

### UNE VIEILLE.

*Cinquiéme Couplet.*

Je vois chaque cep dégarni ;
Tout le monde a fini,
Mais le mien refte le dernier :
Quand on eft vieille & laide,
Pour remplir fon panier
On ne trouve plus d'aide.

### LE BAILLI du Lieu.

AIR : *T'es dans tes atours, moi de même ;* ( de
l'Amoureux de quinze ans. )

Je fuis furieux.

### LE SECOND BAILLI.

Moi d'même.                         *bis.*

### LE PREMIER BAILLI.

Je crois leur licence extrême.

### LE SECOND BAILLI.

Moi d'même.

### LE PREMIER BAILLI.

Ami, dans ces lieux,
Je fuis tout blême
De les voir joyeux.

### LE SECOND BAILLI.

Moi d'même.

### LE PREMIER BAILLI.

Mais je hais ce Colinet.

### LE SECOND BAILLI.

Moi d'même.

**LE PREMIER BAILLI.**

J'ai vu comment il badinoit.

**LE SECOND BAILLI.**

Moi d'même.

**LE PREMIER BAILLI.**

Cela me déplaît.

**LE SECOND BAILLI.**

A moi de même.

**LE PREMIER BAILLI.**

Je lui dirai net.

**LE SECOND BAILLI.**

Parbleu ! moi d'même.

**LE PREMIER BAILLI.**

Que j'aime beaucoup....

**LE SECOND BAILLI.**

Moi d'même.

**LE PREMIER BAILLI**, *craignant de s'être*
*trop avancé.*

Le bon ordre en tout.

**LE SECOND BAILLI.**

Moi d'même.

Air : *Tout consiste dans la maniere.*

Mettons nos habits d'ordonnance
Pour faire un coup d'autorité.
Un Bailli doit plus qu'on ne pense,
Tenir à la formalité ;
Et quand à se montrer sévere,
  Il se résout,
C'est son manteau, mon cher Confrere,
  Qui fait tout.

( *Ils sortent.* )

## SCENE VI.

### LUCETTE, COLINET , VENDANGEURS & VENDANGEUSES.

#### COLINET.

AIR : *On compteroit les diamans.*

Nous voilà donc au rendez-vous
Que l'accoutumance désigne ,
Pour y venir comme des fous
Danser en sortant de la vigne.
Par ainsi selon nos desirs ,
Deux à deux que chacun s'arrange ;
Car la fatigue des plaisirs
Est le repos de la vendange.

#### LUCETTE.

AIR : *Laissez-nous donc dormir.*

Quand mon Berger me mene ,
Je danse toujours bien ;
Mais, en formant la chaîne ,
J'ai presque du chagrin
De donner l'autre main
A mon second voisin.

#### PREMIER VENDANGEUR.

AIR : *On compteroit les diamans.*

Quant à moi, je vais jusqu'au soir
Balancer ma chere Ninette ,
Et celles qui viendront s'asseoir
Comme elle, sur l'escarpolette.
Pour charmer ainsi leurs loisirs ,
Il faudra bien que je m'arrange ;
Mais la fatigue des plaisirs
Est le repos de la vendange.

## PREMIERE VENDANGEUSE.

AIR : *Laissez-nous donc dormir.*

On perd souvent la tête
Pour se trop balancer;
Mais ce jeu qu'on apprête,
Quel que soit son danger,
Bien moins que mon Berger,
Me la fera tourner.

## SECOND VENDANGEUR.

AIR : *On compteroit les diamans.*

Sur-tout, amis, n'oublions pas
Ces tables qu'ici l'on nous dresse.
Aussi-tôt que je serai las,
J'y veux boire avec ma Maitresse.
C'est quand Bacchus daigne remplir
Deux tasses que l'Amour échange,
Que la fatigue du plaisir
Se répare avec la vendange.

## SECONDE VENDANGEUSE.

AIR : *Laissez-nous donc dormir.*

De ce nectar qui trouble,
Quand on boit trop, hélas !
On dit qu'on y voit double;
Si j'étois dans ce cas,
Je ne me plaindrois pas
De voir deux fois Lucas.

( *Les Vendangeurs se grouppent différemment, de
manière que les uns paroissent occupés à boire, & les
autres à se balancer, pendant que les Vendangeuses
dansent la Bourrée suivante.* )

## SCENE VII.

Les Précédens, le Pere LA JOYE.

Le Pere LA JOYE, *en s'accompagnant d'un tambourin.*

AIR: *As-tu vu la lune, Jean?* (Bourée Saintongeoife.)

Pour animèr nos chanfons,
   La gaieté fe paffe
De violons & de baffons,
   Et de contre-baffe.

Mais l'ennui parmi les Grands
   Seche tant leurs ames,
Qu'il faut beaucoup d'inftrumens
   Pour ces grandes Dames.

Bref, chez nous, fans tout ce train,
   Un bal s'exécute;
Il ne faut qu'un tambourin,
   Avec une flûte.

### COLINET.
AIR : *Toujours va qui danfe.*

Papa, montez fur ce tréteau,
   Marquez-nous la cadence;
Avant de percer ce tonneau,
   Que la ronde commence.
On veut lorfque l'on eft en eau,
   Du vin en abondance,
Nous vuiderons votre caveau,
   Car toujours boit qui danfe.

Le

## Le Pere LA JOYE.

AIR : *Allons donc, Mademoiselle ;* (Ronde *.)

C'eſt la petite Théreſe,
Qui voudroit du chaſſelas ;
All' en voit biaucoup cheuz Blaiſe,
Mais Blaiſe n'en donne pas.
V'là qu'un ſoir alle s'échappe
Pour l'y voler du raiſin ;
Las ! doit-on mordre à la grappe    { *Bis avec*
Dans la vigne à ſon voiſin ?    { *le Chœur.*

Ce ſont les Moineaux, je gage,
Dit notr' homme en ajuſtant
Un chapiau, comm' c'eſt l'uſage,
Sur un bâton de ſarmant.
Les oiſiaux par cette attrappe
S'enfuiront de mon jardin ;
Ils iront mordre à la grappe    { *Bis avec*
Dans la vigne à mon voiſin.    { *le Chœur.*

I croioit qu'on intimide
Fillette comme un oiſiau ;
Mais bon ! rian ne la décide
A ſuir devant un chapiau.
Or Théreſe en rit ſous cape,
Et le ſoir nouviau larcin,
'All' revint mordre à la grappe    { *Bis avec*
Dans la vigne du voiſin.    { *le Chœur.*

Blaiſe à la parfin s'apprête
L'i - même à faire le guet ;
Du chapiau couvrant ſa tête,
I s'plante au lieu du piquet.
La Belle y viant, il la happe
Par ſon jupon de baſin,

---

(*) *Les Vendangeurs & Vendangeuſes danſent
cette Ronde, tandis que le Pere la Joye la chante.*

B

Vous v'nez donc mordre à la grappe {*Bis avec*
Dans la vigne du voifin ?    {*le Chœur.*

Voilà que Blaife en furie
Pour la punir comme il faut,
Fait d'abord tant qu'alle crie
Et puis qu'all' ne fonne mot.
Refte à favoir s'il la frappe....
Contentons-nous du refrain,
N'allons pas mordre à la grappe {*Bis avec*
Dans la vigne du voifin.    {*le Chœur.*

## SCENE VIII.

Les Précédens, LES BAILLIS, *fuivis
de leurs Sergens.*

### LE PREMIER BAILLI.

AIR : *Qu'en voulez-vous dire.*

Vit-on pareil emportement ?
### LE SECOND BAILLI.
Ma foi, cela tient du délire.
### LE PREMIER BAILLI.
Loin de s'occuper fagement,
Ici l'on ne penfe qu'à rire.
Chaque pere eft fi complaifant,
### LE SECOND BAILLI.
Chaque tendron fi féduifant,
### LE PREMIER BAILLI.
Et chaque Amoureux fi preffant,
### LES PAYSANS.
Qu'en voulez-vous dire !    *bis.*
### LES BAILLIS.
Que nous allons dès ce moment,
Mettre ordre à ce déréglement.

## LE PREMIER BAILLI.

AIR : *Ciel ! l'univers va-t-il donc se dissoudre ?*

De par Monseigneur....

### COLINET.

(Qui n'en sait rien, je gage.)

### LE BAILLI.

Et de par nous, faits pour vous policer,
   On défend dans ce Village
   De ne plus danser davantage ;
Item, de boire & de se balancer.

### LES PAYSANS.

   Révoquez aujourd'hui,
     Juges barbares,
     Ces loix bizarres,
Ou nous mourrons, & de soif & d'ennui.

### LE PREMIER BAILLI.

AIR : *J'avois à peine dix-sept ans.*

Soyez certain que notre arrêt
   A l'équité pour base,
Et que le public intérêt
   Seul ici nous embrase.
Bacchus endormant la raison
   Par sa liqueur traîtresse,
A bien souvent sur le gazon,
   Renversé la sagesse.

### LE SECOND BAILLI.

*Même air.*

Il n'est point de jeux innocens,
   Fût-ce même au village ;
Dès qu'on badine avec les sens,
   La vertu déménage.
Quand la danseuse a des appas,
   En vain elle est cruelle,
On ne veut point perdre les pas
   Qu'on a faits auprès d'elle.

B ij

## LE PREMIER BAILLI.

*Même air.*

La balançoire à la santé
　Ne sauroit être utile ;
Car plus le corps est agité ,
　Moins le cœur est tranquille.
L'honneur est alors en suspens ,
　Et si la corde casse ,
Ce n'est jamais qu'à vos dépens
　Que l'Amour vous ramasse.

## LE SECOND BAILLI.

AIR : *M. le Prévôt des Marchands.*

Confisquons-nous le tambourin ,
Et la corde , & sur-tout le vin ?

## LE PREMIER BAILLI.

Ne confisquons rien , mon Compere ,
Le Paysan n'est pas humain ;
Et plus il a l'air de se taire ,
Plus il a la parole en main.

## LE SECOND BAILLI.

AIR : *Souvenez-vous-en.*

Si donnons en Mandement
A tout Huissier ou Sergent ,
D'afficher ce Jugement ,
　Souvenez-vous-en ;　　　　　　　*bis.*
Et coffrez incontinent ,
Le premier contrevenant.

( *On affiche sur la porte du Cabaret , des défenses manuscrites , de danser , de boire & de se balancer.* )

# SCENE IX.

Tous les VENDANGEURS & les VENDANGEUSES, LUCETTE, COLINET, le Pere LA JOYE.

## CHŒUR DE VENDANGEURS.

Aɪʀ : *Après ma mort, vous pleurerez, je jure.*

A Cet Arrêt devions-nous nous attendre ?
Pourquoi changer notre danse en soupirs ?
Ah ! si pour vous c'est un besoin de prendre,
Prenez nos biens, mais laissez nos plaisirs.

## PREMIER VENDANGEUR.

Aɪʀ : *Quel état douloureux !*

Quel état douloureux ! amis ! doit-on les croire ?
Bravons leur édit rigoureux.
S'ils ont quelque droit sur nos jeux,
Croyons qu'ils n'en ont pas pour défendre de boire.
Pour moi je me ris de leur menace,
Et je vais chasser un chagrin insensé. ( *Il boit.* )
Qu'il passe....
Il est passé.

## Le Pere LA JOYE.

Aɪʀ : *Lise demande son portrait.*

Amis, c'est moi que tout ce train
Doit rendre le plus triste :
Car comment vendrai-je mon vin,
Si cet ordre subsiste ?
Au Bailli du canton voisin,
Ma foi, donnons Lucette,
Puisqu'il m'en a fait ce matin,
La demande secrete.

B iij

## LUCETTE.

AIR : *Nous sommes Précepteurs d'amour.*

Le Bailli de ce canton-ci,
Je vous jure, a la même envie ;
Afin de m'en conter, ici
Ce Vieux m'a presque poursuivie.

### Le Pere LA JOYE.

AIR : *Un Chevalier, deux Chevaliers.*

Comment ! un Bailli, deux Baillis,
 La trouvent si gentille !
Cela me fait changer d'avis ;
 Et mon œil se désille ;
 L'un d'eux dans ma famille
 Demain entrera :

( *A Colinet.* )
 *Touchez-là ;*
*Vous n'aurez pas ma fille.*

### COLINET.

AIR : *Des Bergeres du Hameau.*

Des Bergeres du Hameau
Je ne prisois que Lucette,
Et son pere me rejette
Pour un Prétendu nouveau.
Mais quand d'un couple qui s'aime,
 L'intérêt brise les nœuds,
 Ils sont tous deux
 Bien malheureux,
Et l'époux est le troisiéme.

### LUCETTE.

AIR : *Un matin brusquement.* ( de M. Piccini. )
 Cher Amant,
 Ton tourment
N'est pas égal à ma peine ;

Tu me vois
Par ces loix
Contrainte à faire un autre choix.
De ta vie exempte de gêne,
Colinet, quel que foit le cours,
Si tu m'aimes pour toujours,
Tu pourras, confervant ta chaîne,
Mourir fidele à nos amours.

## SECOND VENDANGEUR.

AIR : *Réveillez-vous, belle endormie.*

Dans ta maifon il faut qu'on aille,
Laiffons ces Amoureux tranfis ;
Et pour en avoir un qui vaille,
Mettons enfemble nos avis.

# SCENE X.

## COLINET, LUCETTE.

### LUCETTE.

AIR : *Alexis depuis deux ans.*

PAR le malheur entraînés,
Retirons l'un l'autre,
Ce qu'en Amans fortunés,
Nous nous étions donné.

### COLINET.

Nous y ferons toujours du nôtre,
Un cœur ne fe rend jamais bien.

### LUCETTE.

Reprenez-moi d'abord le vôtre.

### COLINET.

Reprends-moi, fi tu peux, le tien.

### LUCETTE.
*Même air.*

Tenez, voilà le ruban
Que fur mon corfage
Vous mîtes derniérement
D'un air fi féduifant.

### COLINET.

Piqués d'un pareil badinage,
D'autres le reprendroient, je crois,
Mais vous en avez fait ufage,
C'eft un préfent que je reçois.

### LUCETTE.
AIR : *Vermeille Rofe.*

Voilà la Rofe
Qu'hier tu vins me préfenter,
Lucette n'ofe
Plus la porter :
Car on doit contenter
Un pere qui s'oppofe
Au plaifir que l'on veut goûter.

### COLINET.

Il faut pour caufe,
Puifque vous voulez me quitter,
En toute chofe,
Vous acquitter.

AIR : *L'avez-vous vu, mon bien-aimé!*

Rendez-le moi, il eft à moi,
Ce baifer plein de flamme,
Qui fut le gage de ma foi,
Quand je vous crus ma femme.
Faut-il vous le redemander ?
Qui peut encor vous retarder ?
Vous avez beau me regarder :
Je ne veux plus attendre.
En vain vous voulez le garder,
Je faurai le reprendre.

---

# SCENE XI.

Les Précédens, le Pere LA JOYE, les VENDANGEURS & VENDANGEUSES.

### Le Pere LA JOYE.

AIR: *Au coin du feu.*

JUSTE ciel ! on s'embraſſe !
Un tel excès d'audace
    Paſſe le jeu.
Je ne puis le permettre,
Dans vos adieux c'eſt mettre
    Par trop de feu.

### COLINET, *au Pere la Joye.*

AIR: *Jardinier, ne vois-tu pas ?*

En dépit de ton ſerment,
Puiſque tu nous ſépares,
Téte-à-téte en ce moment,
Nous nous rendons triſtemen
Nos arrhes, nos arrhes.

### Le Pere LA JOYE.

AIR: *Et non, non, non, je n'en dirai pas davantage.*

Lucette, ayez la complaiſance
De me ſuivre promptement.

### PREMIER VENDANGEUR, *à Colinet avec myſtere.*

Vous, en attendant que la chance
Vienne à tourner autrement ;
Gardez-vous, en homme ſage,
D'approcher de cette maiſon,
    Et non, non, non,
Je n'en dirai pas davantage.

## SCENE XII.

### COLINET, *seul.*

AIR : *Lisette éclipse à son aurore.*

C'EN est fait, je perds ma Maitresse,
Le mal est-il si près du bien ?
Son pere, approuvant ma tendresse,
Alloit serrer ce doux lien,
Et l'on me défend de la suivre,
Quand j'étois prêt à le former ;
Ah ! puis-je encor aimer à vivre
Quand je ne vis plus pour l'aimer ?

*Mineur.*

En ces lieux tout me désespere,
J'y vois nos deux noms enlacés ;
C'est à la vendange derniere
Que de ce fer, nous les avons tracés.
Lucette, hélas ! peut-être un autre
En ce moment va t'obtenir,
( *Il efface avec sa serpette, son nom & celui de Lucette.* )
Et ce n'est plus avec le nôtre
Que ton nom doit ici grandir.

## SCENE XIII.

### LE BAILLI du Lieu, le Pere LA JOYE, tous les VENDANGEURS.

#### Le Pere LA JOYE, *au Bailli.*

AIR : *De tous les Capucins du monde.*

MORBLEU ! souffrez qu'on vous entraîne,
Agissez avec nous sans gêne.

## COLINET, *à part.*

Fuyons de ce lieu, je preſſens
Que ma diſgrace eſt trop certaine ;
Voilà le Bailli de céans,
Que le pere lui-même amene. ( *Il ſort.* )

## Le Pere LA JOYE.

AIR : *Il n'eſt pas de bonne fête.*

Mais en fait d'amourette,
Vous ignorez donc les loix ?
D'une gentille fillette
Quand un galant a fait choix,
Auprès du pere, en bon drille
Il doit aller ſon chemin,
Pour arriver à la fille
Le lendemain.

## LE BAILLI, *donnant dans le panneau.*

AIR : *Charmante Gabrielle.*

Dans le fond je regrette
D'avoir lancé l'édit.

## Le Pere LA JOYE.

Je vous promets Lucette,
Moyennant un dédit.

## LE BAILLI.

Vous me rendez traitable,
Par cet eſpoir.
Je ne ſuis pas ſi diable,
Que je ſuis noir.

## Le Pere LA JOYE.

AIR : *Un Chanoine de l'Auxerrois.*

Laiſſez-vous tout-à-fait aller,
Cela s'appelle bien parler ;
Mais je ne puis vous croire,

Que vous n'ayez dans ma maison,
Avec nous chanté sans façon,
Et bon, bon, bon,
Que le vin est bon !
On est libre d'en boire.

## LE BAILLI.

Air : *Vive le vin, vive l'amour.*

Vous ne me pressez pas en vain,
Et puisque sans sabler du vin,
Un gendre ne sauroit vous plaire,
Qu'on mette Lucette à l'enchere,
Et, de mes rivaux peu jaloux,
Chez vous,
Je prétends sur eux tous,
L'emporter à grands coups
De verre.

*(Le Pere la Joye fait entrer le Bailli dans son Cabaret,
& tous les Vendangeurs l'y suivent.)*

## PREMIER VENDANGEUR.

Air : *Mari, qui voulez fuir l'affront.*

Mais, quoi ! tandis qu'en nos filets
Ce pauvre Bailli s'engage,
L'autre va tomber dans les rets
Des filles de ce Village.
Elles font en dansant
Cent
Pour le séduire ;
Il n'en faut pas pourtant
Tant
Pour le réduire.

*( Il entre aussi dans le Cabaret.)*

## SCENE XIV.

LE BAILLI du Voifinage, LUCETTE,
les VENDANGEUSES.

### LUCETTE

AIR : *Ah! Maman, que je l'ai échappé belle !*

DE me plaire il vous eft très-facile ;
    A vous balancer,
    Puis à danfer
    Soyez docile ;
      Rarement
    Quand l'Amant
    Eft tranquille ,
    Peut-il infpirer
Le feu qu'il fait trop concentrer.
A propos, il faut que je vous gronde,
Ne favez-vous point , comme en ce point
    Agit le monde ?
Efpérez-vous que je vous réponde
    En briguant ma foi,
De mon pere & non pas de moi?
Puis voyez un peu la mal-adreffe
    Pour un Amoureux,
    D'ôter les jeux
    A la jeuneffe ;
Il faut les rétablir, cela preffe ,
    Sans quoi je promets
De ne vous écouter jamais.

### LE BAILLI.

AIR : *Lifette eft faite pour Colin.*

Mais vous aimiez ce Colinet,
    M'avoit dit votre pere.

### LUCETTE.

Pouvois-je prévoir en effet ;
    Que j'avois fu vous plaire ?

Devois-je, avouant mes amours,
Choquer les bienséances ;
C'eſt à votre ſexe toujours
A faire les avances.

### LE BAILLI.

Air : *Que j'avions d'impatience ;* ( de l'Amoureux
de quinze ans. )

Epouſons-nous donc, ma Reine
Le plutôt qu'il ſe pourra ;
Et j'enleverai ſans peine....
La, la, la, la,
L'Affiche que voilà
Là.

*Second Couplet.*

Si-tôt que la même chaîne
Pour jamais nous unira :
D'un rigaudon par ſemaine....
La, la, la, la,
Belle, on vous régalera.

### LUCETTE.

Air : *Du pot au lait.*

Pourquoi toujours tant de délais ?
Si votre ardeur étoit extrême ;
Sans héſiter, je vous verrois
M'obéir dans le moment même ;
Et puis je voudrois franchement
Danſer avec vous par avance ;
C'eſt en danſant avec l'Amant
Qu'on ſait comment le mari danſe.

### LE BAILLI.

Air : *Vous l'ordonnez.*

Vous l'ordonnez, ma charmante Maîtreſſe,
Si votre main me conduit pas à pas,
Vous allez voir que de jeunes appas
Donnent aux vieux un retour de jeuneſſe.

( *Il fait pluſieurs pas groteſques.* )

AIR : *Ma Commere, quand je danſe.*

Ce Colinet que l'on vante,
Fait-il ſes pas auſſi bien ?
    Je n'en crois rien.                      *bis.*
Nul entrechat n'épouvante
Un jarret tel que le mien.

## LUCETTE.

AIR : *Etes-vous de ce pays ?*

Vous balancez-vous auſſi ?

## LE BAILLI.

Vraiment ; ma Lucette,
    Oui.

## LUCETTE.

C'eſt bien ce que je projette.

## LES VENDANGEUSES.

La fête ſera complette.

## LUCETTE.

Approchez, Bailli.

## LE BAILLI.

AIR : *Jupin dès le matin.*

Arrêtez-vous un peu,
Ecoutez, morbleu !
Savez-vous bien ce jeu ?
Avant tout, voyons prudemment
Si, ſolidement,
Cette corde ſe tend.
Allez bien doucement
En commençant,
Puis doublez maintenant
Le mouvement :
En arriere, en avant,
    Egalement,
Sachez me donner enſemble l'élan (*).
Mais d'où vient ce tranſport ?

_____

(*) *L'on remonte la Balançoire, en ſorte que le Bailli ſe trouve à dix pieds ou environ de terre.*

C'eſt par trop fort,
Faut-il fendre ainſi l'air,
Comme un éclair ;
Recevez mes adieux,
Voulez-vous m'envoyer aux Cieux ?

AIR : *Lubin dit qu'il vous aime.*

Deſcendez-moi de grace.

## LUCETTE & LE CHŒUR.

Non, Monſieur le Bailli.

### LE BAILLI.

Mais la nuit nous menace.

### LE CHŒUR.

Oui, Monſieur le Bailli.

### LE BAILLI.

Faut-il qu'à cette place....

### LE CHŒUR.

Oui, Monſieur le Bailli.

### LE BAILLI.

Seul ici je la paſſe ?

### LE CHŒUR.

Oui, Monſieur le Bailli.

# SCENE XV.

Les Précédens, le Pere LA JOYE,
les VENDANGEURS,

Le Pere LA JOYE.

AIR : *Il étoit une fille.*

QUEL bonheur eſt le nôtre !
Sans beaucoup de débats,
Ce Bailli s'eſt pris dans nos lacs.
Mais où donc eſt le vôtre ?

LUCETTE.

LUCETTE.

Ne cherchez point si bas,
Ne le voyez-vous pas ?
LES VENDANGEURS & VENDANGEUSES.
Ah !
Le Pere LA JOYE.
AIR : *Adieu donc, Dame Françoise.*
Rassemblons en diligence
Les Huissiers
Et les Messiers.
Vous serez suppliciés,
Aux termes de l'Ordonnance,
Qu'en rigoureux Justiciers,
Dans l'instant lanciez.

*avec le* } Rassemblons, &c.
*Chœur.* }

LE BAILLI.

AIR : *Du haut en bas.*
Du haut en bas,
Je me jette dans ma colere
Du haut en bas.
LUCETTE, *à part.*
Quant à nous, allons de ce pas,
Chercher Colinet que mon pere
A traité pour le satisfaire,
Du haut en bas.

---

# SCENE XVI.

LE SECOND BAILLI, *seul, & d'un ton*
*de complainte.*
AIR : *De la Palisse.*

JE voudrois bien détaler,
Dans l'ennui qui me dévore;

C

Mais ne pouvant m'en aller....
Il faut que je reste encore.

'Après tout , je ne crains rien
Que de me mettre en canelle :
Et je descendrois fort bien....
Pourvu que j'eusse une échelle.

Quelqu'un tourne ici ses pas.
C'est le Bailli mon Confrere.
Pour qu'il ne m'entende pas....
Il faut prudemment me taire.

## SCENE XVII.

### Les deux BAILLIS.

LE BAILLI du Lieu , *entre deux vins.*
AIR : *Menuet d'Exaudet.*

DE ce vin
Le venin
Est extrême ,
Je ne puis marcher ; & quoi !
J'irois de travers, moi !
Moi , la droiture même ?
Décampons....
Echappons
A la glose.
Je sens foiblir mes genoux,
Eh vîte, asseyons-nous
Pour cause.
( *Il va s'asseoir au pied de l'arbre où est attachée la
balançoire.* )
Mais d'où vient ce trouble étrange ?
De place à mes yeux tout change.
Je suis pris,
Je suis gris

Dans les formes.
Quel bond
Fait chaque maison !
Je vois danser en rond
Les Ormes.

Un Savant
Bien souvent
S'inquiette,
Et demande à son pareil
Qui tourne du Soleil,
Ou de notre Planete ?
Sans surfis,
J'éclaircis
Ce myftere ;
Car j'éprouve évidemment,
Que c'eft en ce moment
La Terre.

AIR : *Sans ceffe à la ville, à la cour.*

Mes yeux fe ferment à demi,
Me voilà, je penfe, endormi....
Le vin dont je fuis entiché
Viendroit-il déranger mon fomme?...
Je parîrois, ainfi couché....
Que j'apperçois un homme.

AIR : *En jupon court, en blanc corfet.*

D'effroi ce fantôme me glace....
Sommeil ! fi je rêve en effet,
Fais-moi voir Lucette à fa place
En jupon court, en blanc corfet.

## LE SECOND BAILLI.

AIR : *La Magnotte a mal au pied.*

Grands Dieux ! à cet objet charmant,
Cet ivrogne veut plaire !

C ij

**LE PREMIER BAILLI.**

Je meurs de peur, mais un moment,
Parbleu ! c'est mon Confrere.

**LE SECOND BAILLI.**

Ah ! que ne suis-je defcendu,
Pour te laver la tête ?

**LE PREMIER BAILLI.**

*Ce n'est pas tout d'être pendu,*
*Faut encore être honnête.*

---

# SCENE XVIII *ET DERNIERE.*

Le Pere LA JOYE, COLINET, LUCETTE,
les deux BAILLIS, VENDANGEURS
& VENDANGEUSES, MESSIERS, &c.

### Le Pere LA JOYE.

Air : *Souvenez-vous-en.*

Vous avez derniérement
Entendu diftinctement
Leur terrible Jugement,
Souvenez-vous-en.
Et fans nul ménagement,
Coffrez tout contrevenant.

### COLINET.

Air : *Du pas redoublé de l'Infanterie.*

Arrêtez, Meffieurs les Sergens,
Ce n'eft pas là mon compte ;
Nous les rendrons plus obligeans,
En leur fauvant la honte.

### LUCETTE.

Et moi, de fort bon cœur auffi,
Je demande leur grace,

*bis.*

S'ils veulent bien remettre ici
Chaque chofe à fa place.

## LE SECOND BAILLI.

Air : *Des fimples jeux de fon enfance.*

Mais je ne fuis pas affez libre
Pour vous obéir pleinement;
Quand le corps eft en équilibre,
Peut-on affeoir fon Jugement ?

## Le Pere LA JOYE.

Allons donc, c'eft un badinage,
Que votre défaveu foit clair.
On fait qu'un Bailli de Village    { *Bis avec*
Prononce affez fouvent en l'air.    { *le Chœur.*

## LE PREMIER BAILLI.

Air : *Du Vaudeville d'Epicure.*

Confrere, un peu de complaifance
Dans la détreffe où nous voilà.

## LE SECOND BAILLI.

Ayons recours à l'indulgence,
Puifqu'il faut en paffer par-là.

## LE PREMIER BAILLI.

Nous donc, Bailli de ce Village,

## LE SECOND BAILLI.

Libre de corps ;

## LE PREMIER BAILLI.

Et fain d'efprit,
Au Greffier du préfent Bailliage
Avons dicté ce qui s'enfuit.

## LES DEUX BAILLIS.

Air : *Chantez, danfez* (*).

Buvez, danfez, balancez-vous,
Sans qu'aucun chagrin vous arrête ;

_____

(*) *Pendant ce Couplet, on defcend le Bailli.*

Et que Colinet foit l'époux
De la trop fidelle Lucette.

*(On arrache l'affiche des défenfes.)*

**Le Pere LA JOYE.**

A demain donc votre lien.

**LE CHŒUR.**

Tout étoit mal, & tout eft bien.

───────────────────────

# *VAUDEVILLE.*

## COLINET.

Air : *Viens dans mes bras, mon aimable Créole.*

C'Est donc demain
Que j'aurai ma Lucette.

### LUCETTE.

C'eft donc demain
Qu'on me promet ta main !

### ENSEMBLE.

Demain ! demain !

### COLINET.

Oh ! Dieu d'amour !
Pour hâter fa défaite,
Oh ! Dieu d'amour,
Rends-moi plus vieux d'un jour.

### UNE VIEILLE.

Des jeunes gens
Voilà bien le langage :
Les jeunes gens
Sont prodigues du tems.
Attends, attends ;
Car des defirs,
Le bonheur eft l'ouvrage,
Et les defirs
Sont auffi des plaifirs.

## LE SECOND BAILLI.

Malgré l'affront d'une scene pareille,
Si ton flambeau nous brûloit quelque jour,

## LES DEUX BAILLIS.

Amour, Amour,
Pour le plus court,
Dans le jus de la treille,
Tu nous verrois l'éteindre tour-à-tour.

### Le Pere LA JOYE, *au Public.*

Un peu trop tard
Nous vendangeons peut-être,
Après Panard,
Et d'autres noms en art.
Sans fard, sans fard,
Daignez, Messieurs, nous faire ici connoître,
Qu'en grapillant, on trouve encore sa part.

## COLINET & LE CHŒUR.

AIR : *D'un Tambourin de Provence.*

Ça, ça, qu'on recommence
Un rigaudon d'un mouvement badin,
Enfin, enfin
La danse
Succede au chagrin ;
Sautons jusqu'à demain,
Sautons jusqu'à demain matin.
La nuit vient en vain,
Quand on est mis en train
Par un tambourin.

## PREMIER VENDANGEUR & LE CHŒUR.

Pour nous dans la fougere
Faisons rire le vin nouveau,
Il nous faut du beau-pere
Vuider le caveau.
Quel doux tin tin !          ( *On trinque.* )
Quel doux tin tin !

Quand un buveur peut en refrain,
Accorder son verre
Au tambourin.

## SECOND VENDANGEUR & LE CHŒUR.

Honneur à la balançoire,
C'est de tous les jeux
Le plus joyeux ;
Après le plaisir de boire
Est-il rien de mieux ?
Balançons-nous,
Rien n'est si doux ;
Quand on a mis la corde en train,
Et que la main
Suit en chemin
Le tambourin.

## FIN.

## APPROBATION.

J'AI lu par ordre de Monsieur le Lieutenant Général de Police, *Les Vendangeurs, ou les deux baillis, Divertissement en un Acte & en Vaudevilles* ; & je n'y ai rien trouvé qui m'ait paru devoir en empêcher la Représentation ni l'Impression. A Paris, le 30 Octobre 1780.

*Signé*, SUARD.

*Vu l'Approbation ; permis de représenter & imprimer.*
*A Paris, ce 31 Octobre 1780.*

*Signé*, LE NOIR.

De l'Imprimerie de CHARDON, rue Galande.

www.ingramcontent.com/pod-product-compliance
Lightning Source LLC
Chambersburg PA
CBHW060845180626
46818CB00004B/1594